PARIS AUJOURD'HUI.

POÈME HISTORIQUE

DES MONUMENS

ÉRIGÉS, ACHEVÉS OU EMBELLIS DE LA CAPITALE ET DE SES ENVIRONS,

PENDANT

QUATORZE ANNÉES DU RÈGNE

DE

S. M. LOUIS-PHILIPPE IER,

Par PLUCHONNEAU Aîné,

Homme de Lettres, auteur de la *Statistique de Sainte-Hélène* ; du *Dithyrambe sur la Mort de S. A. R. Monseigneur le duc d'Orléans* ; du *Poème sur l'évènement du Tréport, de la Reine d'Angleterre en France*, et de plusieurs autres ouvrages.

PRÉCÉDÉ D'UNE LETTRE DE

M. EUGÈNE BRIFFAULT.

Paris:

IMPRIMERIE D'EDOUARD PROUX ET Ce,

RUE NEUVE-DES-BONS-ENFANS, 3.

1844.

PARIS AUJ

POÈME HISTO⸱

DES MONUMENS

ÉRIGÉS, ACHEVÉS OU EMBELLIS DE LA CAPITALE ET DE SES ENVIRONS,

PENDANT

QUATORZE ANNÉES DU RÈGNE

DE

S. M. LOUIS-PHILIPPE Iᵉʳ,

Par PLUCHONNEAU Aîné,

Homme de Lettres, auteur de la *Statistique de Sainte-Hélène* ; du *Dithyrambe sur la Mort de S. A. R. Monseigneur le duc d'Orléans* ; du *Poème sur l'événement du Tréport, de la Reine d'Angleterre en France*, et de plusieurs autres ouvrages.

PRÉCÉDÉ D'UNE LETTRE DE

M. EUGÈNE BRIFFAULT.

—————

Paris.

IMPRIMERIE D'EDOUARD PROUX ET Cⁱᵉ,

RUE NEUVE-DES-BONS-ENFANS, 3.

—

1844.

MON CHER PLUCHONNEAU,

Vous me demandez une préface pour votre nouvelle œuvre poétique sur les Monumens de Paris. J'ai lu vos vers avec tout l'intérêt que doivent inspirer le sujet que vous avez choisi et le talent avec lequel vous l'avez traité ; mais je suis un peu comme le public, je ne crois plus aux préfaces.

Cependant je ne me refuserai pas au désir que vous me témoignez de connaître mon opinion sur votre ouvrage.

La poésie ne peut rester étrangère et demeurer indifférente au mouvement de l'art et de la civilisation ; nos villes embellies et parées par tant de merveilles, appellent les accens du poète à célébrer ces prodiges.

Paris surtout, Paris renaissant et radieux d'une magnificence nouvelle, devait inspirer ces chants ; chaque partie de la cité a trouvé dans vos pages une voix pour glorifier sa prospérité et sa grandeur.

Maintenant qu'à la beauté des édifices s'unisse, dans le présent et dans l'avenir, la sagesse des institutions, et le poète pourra saluer par des chants nouveaux une époque où fleuriront ensemble le génie qui crée et la raison qui éclaire.

Telles sont les inspirations sous lesquelles est née cette œuvre. Aujourd'hui c'est un cri d'enthousiasme ; puisse le temps lui donner le caractère d'un hymne de reconnaissance et d'admiration !

Agréez, etc.

Eugène Briffault.

AVANT-PROPOS.

Quand l'injustice des partis
A tous les yeux est révélée ,
La Calomnie échevelée
Meurt en leurs bras anéantis ;
Mais pour le grand homme qui tombe ,
Quand tout parle avec vérité ,
L'instant qui le met dans la tombe
Ouvre son immortalité.

Toujours un noble règne appartient à l'histoire ,
Pour le présent il n'a rien fait,
Le temps seul dispense la gloire ,
On ne jouit pas d'un bienfait !

Quand on voit de nos jours dans Lutèce brillante,
Ces chefs-d'œuvre de l'art , immortel souvenir,
Et dans un beau passé la gloire défaillante
Chanceler et s'évanouir :
On dit plein d'un feu qui dévore ,
Par un fol amour-propre , écho d'ambitieux ,
« Quatre règnes sanglans valaient bien mieux encore ! »
Écoutez , les faits parlent mieux.

COLONNE DE JUILLET.

Il était des martyrs, fils de la liberté ,
Gisant au sol du Louvre , épars dans la cité ;

Ils avaient de nos rois pulvérisé le sceptre ,
Et leurs mânes sanglans s'élevaient comme un spectre ;
Ils semblaient demander du fond de leurs tombeaux
Le prix du sang versé dans des combats si beaux ;
La foudre en ses éclats avait brisé leurs têtes,
Et les triples couleurs surgi dans leurs tempêtes ;
En un mot ils étaient sous un tertre entassés ,
Où la gloire en trois jous les avait tous pressés !
C'était un noble sang , digne d'une auréole
Se reflétant au monde en un commun symbole ;
Philippe le sentit , et , prince généreux ,
La colonne bientôt s'élança vers les cieux ;
Et la France debout à des honneurs funèbres ,
Salua sur l'airain les noms des morts célèbres.

VERSAILLES.

Tout est grand dans un grand monarque ,
Il brave les écueils pour arriver au port ,
Mais il s'éteint , car vient la mort
Laissant au gré des flots se fatiguer la barque ;
Puis le pilote arrive et monte le vaisseau ,
L'ancre s'immerge alors à sa vaste poulaine ,
Un grand homme le mit à l'eau ,
Un autre en est le capitaine.

C'est Versaille , en un mot , cet oasis des dieux ,
Que Louis (1) ébaucha pour sa magnificence
Et que Philippe , un jour , dans sa munificence
A rendu parfait à nos yeux.

Là, par de nobles soins on voit toutes les gloires,
Chaque jour de l'empire y fournit ses victoires :
On revoit les guerriers des plaines de Memphis,
De Friedland, d'Eylau, de Wagram, d'Austerlitz,
Et ce jeune soldat qui bravant la mitraille,
Dit ces mots : « En avant, achevons la bataille (2). »
A des âges futurs d'autres faits conservés,
Par les soins d'un grand roi nous étaient réservés ;
Là, nos contemporains reconnaissent nos princes,
De l'Arabe insolent soumettant les provinces,
Et des preux d'autrefois renouvelant les faits,
Le vaincre par le fer et le vaincre en bienfaits.
Chaque époque a son rang; l'observateur butine
En Prusse, en Italie, en France, en Palestine (3),
Et ces hauts faits épars sagement pris partout,
Ne sont là réunis pour ne former qu'un tout.
   Mais poursuivons : Une autre galerie
Rappelle un nom bien doux, cher aux arts... C'est Marie,
Princesse dont, hélas ! s'est éteint le flambeau !
Noble talent tombé dans la fleur de son âge,
Dont les Muses encore ont le deuil du veuvage :
      C'est Phidias toujours si beau,
      Jaloux d'une gloire immortelle,
      Qui revendique son ciseau
      Dans le marbre de la Pucelle.
   Et ces jardins que Lenostre a tracés,
      Où partout règne une grâce infinie,
      Et ces verts bosquets espacés
      Par les soins de la Quintinie ;
   Ce vaste parc où l'on voit le ramier
Au rendez-vous du jour arriver le premier ;
Ces bronzes jaillissans, ces porphires, ces marbres,

Mariant leurs contours à la voûte des arbres ;
Tout fait de cet ensemble un séjour enchanté,
Où l'airain, s'unissant à l'écorce du lierre,
Semble encore aujourd'hui dans les beaux jours d'été
Murmurer ces deux noms : Louis et La Vallière.

ABOLITION DE LA LOTERIE

ET DES JEUX PUBLICS.

Un autre monument, bien simple dans son style,
   Mais qu'admirent les nobles cœurs ;
   Un monument fait pour les mœurs
   Devait ici trouver asile.
Sur des nombres donnés, ou sur un tapis vert,
Vous avez vu des fous marcher à leur ruine ;
Pour d'autres, l'avenir était dans la sentine ;
A côté, le tombeau déjà s'était ouvert,
La honte, la douleur, le mépris, l'infamie,
Montraient à tous ces fous leur audace affermie,
Et le vol et le crime y disputaient encor
Une prérogative à quelques pièces d'or ;
Le suicide était là toujours en permanence,
Pour seconder à temps la rage ou la démence,
Et des mères en pleurs, des pères ruinés,
Maudissaient tour à tour leurs fils infortunés ;
Le scandale n'est plus..... cette ignoble industrie
A la voix de Philippe a quitté la patrie.

NAVIGATION A LA VAPEUR.

FRÉGATES TRANSATLANTIQUES.

Mais à qui devons-nous tant de sources fécondes,
    Seule unité, vrai tourbillon,
Et ces mondes flottans, lancés vers d'autres mondes
    Où brille notre pavillon ?
Au règne d'un grand roi qu'une main souveraine
Plaça, dans sa bonté, sur les bords de la Seine,
    Fière de ses nombreux palais,
    Pour mieux ressusciter Athène
    Et le siècle de Périclés.

LA VAPEUR.

Partout la vapeur gronde et monte dans l'espace :
    Un éclair brille et tout est achevé ;
      C'est un météore qui passe,
      Le voyageur est arrivé.
Et voilà le progrès lancé dans la carrière !
Le nier de nos jours, c'est nier la lumière.

LES QUAIS.

Naguère encor le fleuve, en ses eaux fugitives,
    N'offrait sur ses bords dégoûtans
Que cloaques impurs, où la mort tous les ans
Moissonnait sans pitié les enfans des deux rives.

. . . .
. . . .
Mais qne tout est changé ! le règne d'un bon père
A fait cesser des maux par la guerre amenés,
Et le fleuve en son lit montre son cours prospère
Tout resplendissant de lumière
Aux yeux des peuples étonnés.

LES FORTIFICATIONS.

Entendez-vous au loin le clairon du barbare?
Entendez-vous sonner la lugubre fanfare?
C'est l'ennemi vainqueur !
Il approche ; et le fer que sa main vous prépare
Doit vous percer le cœur !
Entendez-vous gémir vos enfans et vos femmes?
Voyez-vous la lubricité,
Dans ses embrassemens infâmes,
Chercher partout la volupté ?
Mais lorsque, protégeant sa ville bien aimée,
Couvrant de son amour et le peuple et l'armée.
Philippe en nos champs envahis
Fera jaillir les feux d'un factice tonnerre,
Et brisera comme du verre
La horde de vos ennemis,
Alors vous direz tous, en parfaite harmonie,
Quand des pleurs mouilleront vos yeux :
Notre prince était grand ; c'était le bon génie
Envoyé par les cieux !

ARC DE L'ÉTOILE.

Et cet arc triomphal, inébranlable histoire
D'un règne de comète en un jour emporté,
Où chaque nom gravé signale une victoire
    A l'immortalité,
Qu'il apparaîtra beau, quand recouvert de lierre,
    Et par le temps sanctifié,
Nos petits-fils verront, dans sa vieille poussière,
Ces combats de géants burinés sur la pierre
    Du monument édifié !

NAPOLÉON
REPLACÉ SUR LA COLONNE VENDOME.

Lève ton front, monument des beaux-arts,
Où Philippe a remis le dernier des Césars !
    Noble imáge de tant de gloire,
    Un jour fit pâlir ton histoire (4),
    Belle encor, malgré les autans....
    Debout au milieu des orages,
    Elle ira braver tous les âges
    A travers les déserts du temps.
Là, tous les vieux soldats de Marengo, d'Arcole,
    Par le ciseau savamment burinés,
Montent comme à l'assaut, et vont sur la coupole
    Présenter leurs fronts inclinés.

L'HOTEL DES INVALIDES
RESTAURÉ ET EMBELLI.

Voyez , dans sa magnificence ,
Cet asile pieux que la gloire a fondé
Pour ces nobles héros défenseurs de la France (5),
    Qui savaient joindre à la vaillance
    La tactique du grand Condé ;
    Ils sont là ces nouveaux Xaintrailles,
    Tous ces débris d'hommes de fer
Qui, mutilés cent fois sur les champs de batailles,
Laissaient leur part de chair sur des pans de murailles
    Au boulet vomi par l'enfer !
Oh! c'était le bon temps, nous dira-t-on encore,
    Oui, dirons-nous, si les morts revenaient !
Mais alors que nos fils touchaient à leur aurore,
    Ils partaient tous..... puis ils tombaient !
    Et les perles de la rosée
    Dont la terre était arrosée,
Sanctifiaient tant de nobles douleurs.
    Et la France criait : Victoire !
    Tandis que Clio pour l'histoire
    Trempait sa plume dans les pleurs !

. . . .
. . . .

Oh! qu'il est glorieux le règne sans effroi,
Et que ces mots sont doux : C'est mon père et mon roi!
Sa gloire qui bâtit est toujours la plus belle,
L'épi souillé de sang est horrible à Cybèle,
Et l'homme fait raison lorsqu'il assigne un rang
Du sage fondateur et du fou conquérant

LE TOMBEAU.

Mais au fond de la nef s'accomplit un grand rêve,
Songe fait par un peuple en vingt ans de sommeil ;
C'est un monument qui s'achève,
Digne du possesseur... pour celui qui l'élève
C'est l'aigle fixant le soleil.

. . . .

. . . .

L'homme est là, dans la nef, il dort,
Les drapeaux des vaincus abritent sa dépouille :
Le fer se ronge par la rouille,
Les hauts faits vivent par la mort ;
Et ces nobles débris, fils de la république,
Mutilés sous l'empire et calmes sous les rois,
Viennent se prosterner devant l'ombre magique
Courbés sur leurs jambes de bois.

OBÉLISQUE DE LOUQSOR.

Sorti de la brûlante Afrique,
Voyez dans nos murs glorieux,
Ce monolythe magnifique,
Dont la cime s'élève aux cieux...
Deux grands règnes sont en présence,
Au milieu de notre Paris ;
L'un est Philippe pour la France,
Pour l'Égypte, c'est Sésostris.

L'ASPHALTE.

Mais tout doit s'embellir et partout le bitume,
Dans des fourneaux de fer se prépare et s'allume ;
C'est la lave bouillante arrachée aux volcans,
Qui coule et se durcit à l'action du temps ;
Par elle nos trottoirs et nos places publiques,
Arides autrefois deviennent magnifiques.
Et l'homme qui compare a lieu d'être surpris
De son Paris ancien et du nouveau Paris ;
Ainsi tout s'agrandit à l'honneur de la France,
C'est une ère nouvelle et Louis la commence (6).

L'HOTEL-DE-VILLE.

Mais il fallait encor dans la grande cité
Donner à ce palais sa noble gravité ;
Dix règnes écoulés n'avaient de structure,
Ni changé les détails, ni grandi la figure ;
Au roi conservateur il était réservé
De présenter aux yeux l'édifice achevé ;
De l'embellir partout et du siècle où nous sommes,
Rappelant le passé, nous montrer ses grands hommes ;
Bientôt les alentours s'ébranlent....., les vieux murs
Jonchent de leurs débris tous les sentiers obscurs,
Le jour paraît enfin, l'air est pur dans l'espace,
Et d'un quartier fangeux le luxe prend la place (7).

LES PUITS ARTÉSIENS.

Mais le champ n'est pas clos et bien loin de nous taire,
Parlons d'un monument immense sous la terre,
Qui remuée au fond dans ses flancs caverneux,
Laisse jaillir pour nous un torrent généreux ;
L'eau bouillonne, mugit, s'élance dans l'espace,
Fertilise le sol où l'on veut qu'elle passe,
Et va porter au loin, divisée en ses jets,
La chaleur de son cours et ses nombreux bienfaits ;
C'est encor sous Louis que s'accomplit cette œuvre.....
La lime qui polit a-t-elle sa couleuvre (8) ?

LE GAZ.

Mais quel est ce flambeau,
Image d'un jour pur dont l'éclat est si beau?
L'homme à Dieu l'a ravi dans sa toute-puissance ;
Un reflet du soleil mérite qu'on l'encense.
Du fluide aérien, des émanations
Se groupent à nos yeux tous les nombreux rayons ;
Et le gaz sur Paris, dans sa splendeur première,
La nuit verse à longs traits les flots de sa lumière.

PALAIS DU QUAI D'ORSAY.

Par les soins de Philippe, un autre monument
D'une rive du fleuve est encor l'ornement :

Conçu dans les grands jours de la France en délire,
Philippe exécuta le projet de l'empire (9),
Et le palais bientôt se montrant à nos yeux
Attesta dans nos murs deux règnes glorieux.

LA MADELEINE.

LES ÉGLISES ÉDIFIÉES, RESTAURÉES, EMBELLIES.

En ces temples sacrés, ces pieux édifices
Où les Romains dans Rome offraient leurs sacrifices,
Et que Paris, plus sage, a choisi pour le lieu
Où les chrétiens en paix vont adorer leur Dieu,
Telle est la Madeleine.... Un mot sur son histoire :
Napoléon rêva le temple de la Gloire,
Comme si nos hauts faits, nos lauriers, nos combats,
N'offraient pas à la gloire un temple à chaque pas !
Monumens consacrés par un sanglant baptême,
Temples bien beaux, sans doute, et frappés d'anathème !
Car la mort y fauchait amplement, sans compter,
Quand la Victoire lasse un jour dut s'arrêter !
La Madeleine enfin, après longues années,
Sous un règne de paix trouva ses destinées ;
Et, s'élevant superbe avec sa dignité,
Ouvrit sa vaste nef à la Divinité.

Que de temples encor dans Lutèce s'élèvent (10) !
Les uns sont embellis et les autres s'achèvent :
Il est beau de puiser, pour une nation
Sa force dans son droit et sa religion !

L'HOSPICE DE LA CHARITÉ

AUGMENTÉ, ASSAINI.

Cet asile pieux créé pour le malheur,
Où l'homme doit de l'homme alléger la douleur ;
Où de soins fraternels refermant sa blessure,
Des maux qu'il a soufferts vient lui cacher l'injure.
Aujourd'hui cet asile ouvert à la pitié
Est un bienfait d'un règne en tout glorifié.

LA FONTAINE MOLIÈRE,

LES AUTRES FONTAINES.

On avait d'un grand homme injurié la cendre ;
La réparation long-temps se fit attendre ;
Mais enfin dans nos murs, au centre de Paris,
Un monument nous peint ses traits et ses écrits ;
Et pour mieux embellir ce centre de la ville,
Il sait joindre avec goût l'agréable et l'utile.

Voyez au loin l'eau qui jaillit
De quatre fleuves de la France (11),
Pour aller porter l'abondance
Dans un quartier qu'elle embellit.
Et ces jets élancés de mille autres fontaines (12),
Sources fécondes, dont les veines
Se divisent en longs réseaux,
Pour aller plus tard dans la Seine
Rendre comme à leur souveraine
Le même tribut de leurs eaux.

RÉFLEXIONS.

Comme on le voit, nous nous sommes abstenu de décrire en général tous les embellissemens de Paris et de ses environs, mais nous avons prouvé à certains détracteurs que, pendant quatorze années du règne de S. M. Louis-Philippe Ier, la capitale s'est enrichie, assainie, que des voies nouvelles se sont ouvertes, d'autres agrandies, et que Paris, de nos jours est la plus belle ville du monde.

NOTES.

(1) On sait bien que c'est de Louis XIV que nous voulons parler.

(2) C'est un jeune homme qui parle ainsi, s'écria l'empereur ; qu'il attende pour me donner un conseil qu'il ait, comme moi, commandé dans quarante batailles rangées.

(3) Galerie des croisades.

(4) La bataille de Waterloo.

(5) L'hôtel des Invalides fut fondé par Louis XIV.

(6) S. M. Louis-Philippe.

(7) Tous ceux qui ont connu Paris, avant la démolition des baraques qui formaient la rue de la Mortellerie et ses environs, savent bien que dans ces rues étroites, malsaines, le soleil ne pénétrait jamais, pas même à midi.

(8) Avis aux détracteurs d'un grand règne.

(9) On sait que Napoléon avait ordonné l'édification de ce palais, où il comptait loger tous les ambassadeurs étrangers. La restauration n'y changea rien. En 1830 les premières assises s'en élevaient à peine au dessus du sol ; aujourd'hui c'est un des plus beaux et des plus vastes monumens de Paris.

(10) L'église Saint-Vincent-de-Paule achevée ; Saint-Roch embelli ; Saint-Germain-l'Auxerrois remis à neuf ; toutes les églises enfin ont joui des bienfaits d'un règne paternel et religieux.

(11) La fontaine de la place Louvois, en face de la bibliothèque Richelieu.

(12) Les fontaines de la place de la Concorde et des Champs-Élysées ; les bornes-fontaines dans les rues et sur les boulevarts.

www.ingramcontent.com/pod-product-compliance
Lightning Source LLC
Chambersburg PA
CBHW072358190626
46811CB00020B/1997